O Homem Feito

CB131079

III - O VENTO

Ninguém mais me reconheceria. Não mais saberiam como eu fora. Quem se lembraria? Pelas ruas, gravata e sapatos, uma espera em cada esquina, o corpo vago e indeciso. Perdera tudo. Na cidade feita de ar eu girava sem forma, tocado pelo vento. Depois tudo perdido, tudo passado, tudo parado e morto. Meus pés se prenderam ao solo, enquanto o medo crescia com a barba no escuro do quarto e o sexo se encolhia como um pássaro. Alguma coisa me furtara ao convívio e destruía a minha força. Que acontecera? Nada mais me sustentava. De repente levaram-me tudo, até meus pensamentos mais íntimos, e eu ficara perdido, sem esperança de dormir ou acordar. Então fugira para a montanha, deixando para trás a lembrança de meus dias.

Mas continuava a temê-la. De madrugada o vento entrava uivando pela janela da cabana como se a trouxesse em triunfo para esmagar-me e incapaz de resistir eu me levantava, ficava caminhando a chorar sobre tamanha devastação.

Outras noites o vento soava-me como vozes e eu acordava ao seu chamado, abria a porta e saía para a noite, caminhava até a extremidade da chapada que se estendia à frente da cabana como um terraço onde um halo branco de luar me envolvia. Do alto da montanha, distante, íntimo de milhões de estrelas, eu olhava com a curiosidade de um menino para o planeta aonde viera ter por engano. As horas corriam até que o sono me levava finalmente para o aconchego da cabana e, quando acordava, a luz do dia me dava a impressão de que aquele raro instante de apaziguamento não passara de um sonho.

Uma noite, porém, antes que eu voltasse ao meu refúgio, o vento me trouxe o ruído de cascalho pisado a pouca distância de minhas costas. Voltei-me, sentindo uma presença humana junto a mim, e vi alguém ou alguma coisa que fugia, espavorida, uma forma branca que galgava ágil como um cabrito o dorso da montanha, confundindo-se com as manchas de lua. Tudo fora tão rápido que eu não tinha ainda pensado nada e a aparição se perdia já na crista do espigão de onde contemplara o vale pela primeira vez. Firmei a vista, tentando localizá-la, mas seus contornos pareciam esvanecer-se no ar. Tive ainda a impressão de que o intruso, feito em mero vulto que o branco das pedras anulava, descia agora a montanha pelo outro lado, contornava a fonte e procurava ganhar lá embaixo o caminho de acesso à cabana, surgindo além e mais além até desaparecer na mata. Atemorizado, imaginei que podia ser mesmo um cabrito, perdido durante o dia pelas grotas, e só assim tive forças para recolher-me, trancando com o ferrolho a pesada porta da cabana. Pela janela o vento voltara a soprar, o mesmo vento de sussurros.

IV – NUVENS

Durante o dia as explosões lá embaixo, na mina situada do outro lado da montanha, costumavam ecoar perturbando o sossego do vale. Enraivecido, eu me afastava o mais que podia, refugiava-me nas dobras do morro e passava o tempo caçando quatis, que já me acostumara a comer. Às vezes minhas caçadas eram mais felizes, quando então eu voltava com uma perdiz ou um coelho selvagem. Em sucessivas incursões à cidade próxima trouxera um rifle, um catre, alguns objetos de uso e provisão para muitos meses. Assim a minha morada se tornara suficientemente confortável para quem nada mais desejava senão que corressem os seus dias.

Não fosse a perturbadora vizinhança de uma cidade, eu já os teria encerrado; o que eu queria era morrer completamente, sem deixar o menor sinal de haver existido. Então odiava com força o meu passado, concertado durante séculos para que eu viesse um dia despenhar-me no vazio em que me achava. Odiava os invisíveis operários da mina que davam sinal de vida, odiava os homens e as mulheres da cidade para quem eu era apenas mais um louco transviado que viera habitar a cabana da montanha.

Quando, porém, nuvens inesperadas baixavam ao redor do monte, estendendo-se aos meus pés feito um mar, era como se o mundo houvesse desaparecido e só eu restasse, testemunha do naufrágio. Olhava com prazer as nuvens dóceis e me lembrava das formas fantásticas que elas assumiam quando em criança me deitava no chão para melhor contemplá-las. No dia em que, em vez de baixarem o morro, o envolveram de todos os lados, vi-me de súbito como um deus cego girando tonto à procura da cabana, esperando que um passo em falso me precipitasse no abismo. A ideia de estar dentro de uma nuvem me perturbava como se eu tivesse vivido todos esses anos apenas para realizar o que sonhara na infância. Por um momento ela se esgarçou e distingui o vulto da cabana, mais perto do que imaginara. Contudo, não pude avançar; pareceu-me ver, alguns passos à minha frente, a figura de um menino de seis ou sete anos olhando-me curioso... No primeiro instante o susto me paralisou, mas quando vi que ele fugia, saí em seu encalço. Logo as nuvens se adensaram entre nós e nada mais pude ver.

V – O PÁSSARO

A presença daquela criança nos arredores começou a intrigar-me. A cada momento, dentro da cabana, junto à vertente onde eu colhia água, ou no sopé da montanha, quase à entrada da mata, sentia-me observado a distância por dois olhinhos indiscretos que desapareciam assustados tão logo me voltava para surpreendê-los, e eu mal podia ver o menino em disparada perdendo-se pelas grotas ou encosta abaixo, entre as primeiras árvores.

Um dia lancei-me em sua perseguição e como ele precipitei-me até o vale saltando de pedra em pedra, disposto a castigá-lo. A cada vertiginoso escorregão no cascalho solto mais aumentava a irritação contra o pequenino perturbador de minha paz. Embrenhei-me pela floresta adentro, e só fui perdê-lo de vista do

Difíceis acidentes de terreno atrasaram-me o percurso; um largo sulco na rocha, como uma vala, forçou-me a escorregar com cuidado de um lado e escalar penosamente o outro, pondo em fuga uma salamandra que quase se emaranhou nas minhas pernas. Quando afinal me aproximei do rochedo próximo à cabana, já não havia ninguém lá.

O pássaro morto também tinha desaparecido.

VI – O CARAMUJO

Entrei na cabana e, sentindo fome, comecei a preparar a comida. Logo o desânimo me venceu e deixei-me ficar, sentado na pedra que servia de banco, braços cruzados, esquecido de tudo.

Se aquela criança desejava atormentar-me, estava começando a atingir o seu propósito. Sentia-lhe a presença nos arredores da cabana como censura ao meu isolamento, acusação às minhas faltas, estímulo ao meu remorso. E por que fugia de mim? Que espécie de crime, afinal, eu cometera, para que assim me castigassem? Que acidente no meu caminho me atirara ao chão, como o pássaro no seu voo interrompido? Também eu tombara agonizante e nenhum anjo desenganado vinha tomar-me nas mãos para o último gesto de misericórdia. Meu corpo restava agora abandonado, e o menino não vinha para buscar-me.

Cansado de esperá-lo, comecei a dispor a minha vida na montanha de maneira a atraí-lo como a uma armadilha. Empregava-me em passatempos pueris que o pudessem seduzir, como abrir um desvio na água da vertente formando um pequenino córrego, riscar na rocha bonecos grotescos, colecionar seixos de formas diferentes, e sentindo-me observado, procedia sempre como empenhado na mais séria e importante das ocupações. Perdi meu tempo empalhando com paciência um coelho cuja pele eu conservara e fui colocá-lo no tope do rochedo, onde ficou dias e dias a fitar a cabana até que rolou com o vento encosta abaixo. Passei a deixar aberta a porta quando me ausentava, na esperança de encontrar alguém a aguardar o meu regresso. Fazia minhas refeições fora da cabana, para que a fome o denunciasse atrás de algum penedo e ele viesse, como um animal rendido, comer na minha mão.

A despeito de meus esforços, passei dias sem vê-lo. A princípio busquei surpreendê-lo e descia o vale, penetrava a mata e arriscava-me quase até a cidade. Depois, desanimado, passava as tardes sentado na chapada, olhando para o horizonte como um condenado.

Uma tarde, em que o sol esquentava as pedras com fúria, ergui-me, tonto de calor, e fui abrigar-me à sombra da cabana, perto da porta. No caminho, como olhasse para o chão, pude ver na superfície polida do lajedo um minúsculo caramujo que também seguia em direção à cabana, arrastando com paciência a sua concha. Sentei-me, encostado à parede de pedra, descansei a cabeça nos joelhos e, sonolento, comecei a cochilar. Com algum esforço, atingia nesses momentos um estado de despojamento entre o sono e a realidade que era quase a sensação de não existir.

Ao abrir os olhos, horas mais tarde, vi a poucos passos o caramujo que chegava, percorrendo, minucioso, o espaço que o separava da cabana. Arrastava-se com dificuldade, em linha reta, e parecia disposto a cruzar a entrada, como portador fiel de uma mensagem. Esperei que ele atingisse a cabana e entrei, fui aguardá-lo deitado no catre, ao fundo.

Vi que ele não se detinha ante nenhum obstáculo, mas começava a subir a saliência de pedra na soleira, disposto a ir ao fim, cumprir a sua missão. Levou longos minutos para vencer a escarpa de um palmo de altura que tinha à sua frente, e já no interior da cabana prosseguia a caminhada. Deixava atrás de si um risco úmido e luminoso, marco de vitória da distância vencida, viscosidade que parecia ser sua própria essência largada pelo caminho no esforço extenuante de chegar. Ao cruzar o limite da claridade para a sombra parou um instante, ergueu no ar para um lado e para outro a monstruosa cabeça com dois chifres moles e voltou a se arrastar.

Há um itinerário certo para bichos como esse, que os faz andar sempre em linha reta, sem ver obstáculos à sua frente. Há um ponto remoto a atingir além da pedra, além da parede e da distância e do tempo. Séculos a fio aquele caramujo se arrastaria sem descanso para chegar ao fundo da cabana, subir a parede, insinuar-se nos interstícios do telhado e descer do outro lado, percorrendo a terra sem que nada o detivesse, ou desviasse de sua rota obstinada, que não o levaria a lugar nenhum. Quando o vi a três passos de mim, comecei a obstruir o seu caminho, colocando-lhe à frente pequenas pedras que ele procurava transpor com sacrifício. Via-o deslizar teimoso sob a casca redonda como um fardo, e em pouco eu descobria nova distração. Assim que ele conseguia desligar-se do chão, galgando uma pedra, eu a segurava com cuidado e ia colocá-la junto à soleira da porta, para vê-lo recomeçar. Ele nada poderia contra mim e jamais chegaria ao seu destino. Depois tive a ideia de colocar no caminho uma garrafa vazia, deitada, para vê-lo penetrar pelo gargalo como em uma prisão... Mas ao olhar casualmente para a janela vi, por detrás dos vidros partidos, o rosto do menino a espiar-me.

VII – O ECO

Saí precipitadamente da cabana para agarrá-lo. Desta vez não me escaparia. Sem que eu percebesse, horas seguidas a entreter-me com o caramujo, o sol se escondera e as sombras baixavam, obscurecendo o vale. A emoção deixava-me atônito, como se eu estivesse para ser dono de um mistério. Por um instante indeciso sobre que lado escolher, contornei a cabana pela frente e esgueirei-me até a janela.

Ele havia corrido, como eu esperava, escondendo-se do outro lado. Mas, acuado no desfiladeiro, não havia por onde fugir, a menos que se lançasse no abismo ou completasse a volta e entrasse na cabana... Atingi novamente a chapada, cauteloso, procurando cortar-lhe a retirada pelo caminho da encosta. Não o vendo, supus que tivesse mesmo se refugiado no interior da habitação, e para não assustá-lo detive-me um instante à porta, murmurando uma palavra mansa antes de entrar. Ali dentro, contudo, não havia ninguém.

Saí de novo e corri até a encosta. Acontecera o que eu não havia previsto: ele entrara realmente na cabana, mas escapara pela janela... Não o vendo à minha frente, em toda a extensão do caminho já escuro que minha vista alcançava, voltei-me e escalei rapidamente o espigão, de onde tive tempo de ver ainda uma mancha branca desaparecer lá embaixo, no vale em sombras.

— Volte! — gritei.

— Volte! — respondeu o eco do outro lado da montanha.

Chamei de novo, muitas vezes, e apenas o eco me respondia. Viera ali para desafiá-lo com meus gritos e ele soava-me como alguém que eu imaginava semelhante a mim, colocado noutro serro e solitário como eu, nada podendo fazer senão me repetir... Cansado de gritar, pareceu-me que uma voz diferente, mais fina, de criança, é que me vinha na voz que a montanha devolvia. Desorientado, percebi que a noite baixava e com ela o inimigo mais temido. Para iludir o pânico, afastei-me da borda do morro e comecei a rir, nervoso, ao perceber que andava em círculo, sem coragem de iniciar a descida até a cabana. A escuridão me envolvera de todos os lados e nuvens negras cobriam completamente o céu, volumosas. O menino se fora para sempre e eu me sentia abandonado como um pai.

— Pai! — gritei.

— Ai! — fez o eco, como um gemido prolongado, a perder-se além do mundo. Escorregando nas pedras, agarrando-me com força nas urzes, iniciei a descida que a escuridão tornava quase impossível. Um relâmpago inesperado revelou-me o caminho e o trovão ecoou pelo vale. Antes que eu atingisse a chapada, grossas gotas de chuva começaram a cair, encharcando-me a roupa, tornando a pedra ainda mais escorregadia.

VIII – TEMPESTADE

Fui refugiar-me no fundo da cabana, depois de ter fechado a porta com o ferrolho e calafetado a janela com peles, para enfrentar a tempestade. Sentia o corpo ardente sob a roupa molhada, meus dentes batiam de febre. Sem ânimo de acender o lampião, eu temia o escuro que me cercava e via formas fantásticas a povoá-lo, para onde me voltasse. Agachei-me contra a parede, escondi a cabeça nas mãos e esperei.

Lá fora a chuva caía, furiosa. O vento chiava vergastando a montanha, e a água batia na pedra com fragor, fazia estremecer e estalar os caibros podres do telhado. Escorria pela encosta a enxurrada, arrastando para o vale pedras e plantas que encontrava pelo caminho. Trovoadas sacudiam a montanha, de segundo em segundo. A luz macabra dos relâmpagos varava a janela, denunciando a imobilidade das coisas no interior da cabana. Encolhido de frio e de medo, eu ouvia a cachoeira lá embaixo despenhar-se como uma avalancha e esperava que, de um momento para outro, a vertente, engrossando, invadisse a chapada. Imaginava a cabana desgarrada em bloco da montanha e levada vertiginosamente pelas águas como barco desarvorado. O estrépito das pedras a rolarem com a chuva fazia-me pensar que o alto do morro se pulverizava, prestes a desabar sobre mim.

Eu era a causa de tamanha vingança. A culpa sugava-me como um sorvedouro e tudo começou a oscilar ante meus olhos fechados. O corpo inerte era levado na voragem, e girava ao redor do abismo negro que se abria para engolir-me. Procurava agarrar-me às pedras da parede e as águas me envolviam, irresistíveis. Tentei fugir ao desastre total concentrando-me num único ponto e nele reunindo o resto de minhas forças. Meu passado se fragmentava como da outra vez, perdendo-se em todas as direções, e de nada podia valer-me, eu estava perdido e só debaixo da noite como em criança, quando a tempestade me assustava e minha mãe vinha velar pelo meu sono. Por um instante consegui ver-me novamente de cócoras junto à parede da cabana, como um menino, enquanto lá fora o temporal continuava. Comecei a chorar, percebendo que ia de novo ser apanhado e desta vez não conseguiria resistir. Levantei-me, cambaleando, e procurei o revólver no escuro. No mesmo instante ouvi umas batidas fracas na porta.

PARTE II

“‘You dream’, he said, ‘because of the child
Asleep in the nest of your body, whose dreams
Flutter through your blood in streams’”.

Stephen Spender

I – A GRUTA

Às vezes, quando fazia bom tempo, descíamos juntos pela vertente até o remanso de águas transparentes onde ele se banhava. Sentado na margem, a contemplá-lo, eu o via agitar-se, levantando água com os bracinhos magros, aos gritos de alegria. Depois se enxugava ao sol e voltávamos à cabana, planejando novas aventuras para a tarde. Cortou o pé no gume de uma pedra e não chorou. Pegou uma lagartixa e sem que eu visse enfiou-a no meu bolso.

Éramos simples, e de uma alegria sem razão. Meu pequeno companheiro... Costumava surgir e desaparecer sem o menor aviso, em horas diferentes, mas eu não lhe fazia perguntas e me contentava com a intimidade fugaz de sua presença.

— Também já fui um menino como você, Luís, pequeno e vadio... Hoje sou um homem.

Ele ria.

— Eu subia o morro até a cabana, onde morava o meu amigo, um eremita. Você sabe o que é um eremita?

— Um homem barbado que vive sozinho e come gafanhoto.

Eu apontava para a cidade:

— Meus pais não me deixavam subir a montanha para visitá-lo e então fazia como você, vinha escondido. Ele me contava histórias, me levava para ver a gruta, e um dia foi-se embora. Vamos ver a gruta?

Descíamos a vereda sinuosa além do regato, ganhávamos uma garganta entre dois morros, que se ia estreitando até não permitir a passagem a mais de uma pessoa. Logo adiante ela se abria no desfiladeiro e era preciso avançar lentamente, agarrando-se nas pedras, para não cair. Uma pequena platibanda na rocha era o ponto de observação. Sentávamo-nos com cuidado, e balançávamos as pernas no espaço.

— Olha lá.

O imenso buraco negro se abria na montanha fronteira e a impressão de profundidade se acentuava com a luz do sol a destacar o resto da escarpa.

— Quero ir lá dentro — insistia ele.

— Impossível. Não tem saída do lado de lá, e deste lado...

Resolvi tentar a escalada. Arranjei provisões para o dia inteiro e saímos de manhãzinha, ganhando o morro vizinho através do vale. Ele ia à frente, excitado, e embora caminhássemos horas seguidas não dava sinais de cansaço. Com auxílio de uma corda conseguimos atingir a escarpa ao cair da tarde. A cada momento o medo de nos despenharmos juntos no precipício fazia a criança puxar-me pelo braço:

— Quem sabe é melhor a gente voltar?

— Estamos perto.

Já devíamos estar à altura da gruta e nada de encontrá-la. Dali se podia ver perfeitamente o outro lado do desfiladeiro, de onde a contemplávamos. Luís se agarrava trêmulo às saliências da pedra, evitando olhar para baixo, com medo da vertigem. Tanto esforço para chegar até ali, e não colher nenhum resultado — eu examinava com atenção as fragas do monte, e afinal acabei descobrindo tudo:

— Vamos voltar — falei desapontado.

Não era uma gruta, mas simplesmente a sombra conjugada de dois ou três penedos que criava a espantosa ilusão de caverna aos olhos de quem se postasse do outro lado do desfiladeiro.

— Antes nunca tivéssemos pensado em entrar na gruta, Luís.

Iniciamos a descida cansados e tristes, ao fim tive de carregá-lo às costas. Quando atingimos o vale, ele se afastou de mim sem uma palavra e perdeu-se entre as árvores em direção à cidade. Cheguei à cabana já noite alta.

II – O TATU

Os dias que ele não vinha eram sem consolo para mim. Desde a noite da tempestade, quando fora se abrigar da chuva na cabana, eu me sentia tranquilo e recomposto em sua companhia, identificado com o que me cercava, como se nunca houvesse saído dali feito homem para descer ao inferno. Os meus dias se faziam coerentes e distraídos, moldados numa experiência que ia aos poucos se anexando à minha natureza, como se somente agora me preparasse para começar a viver.

Bastava, porém, que ele faltasse, e então me voltava a sensação de desgraça, sem outra configuração além do vazio que me ficara. Nada me acontecera e eu perdera tudo — esta a única certeza persistente. Que gesto, que palavra, que visão fugaz desfechara em mim a grande crise, eu jamais saberia dizer. Suas origens se perdiam na minha origem, que eu viera reatar. Sozinho, a presença na montanha que vira os meus melhores dias era tão inútil como se eu estivesse no alto de uma torre ou no fundo de uma prisão. Então me dedicava ferozmente a seduzi-lo para que ele não se fosse, ou, indo, voltasse em tempo de salvar-me.

Falávamos em geografia, cidades marítimas, mapas coloridos, desertos misteriosos, ilhas, tesouro escondido. Soletrávamos palavras, L, U, I, S, o P tem uma perna, o R tem duas — repetíamos cantando a tabuada, 4 e 4 são oito, 10 vezes 10 cento e mil. Classificávamos juntos as orquídeas da montanha, sem asas para fugir de nossas mãos, perseguíamos besouros pelos matos, um dia desentocamos um tatu.

— Parece bicho de mentira — exclamava ele, nervoso.

Com cuidado e nojo arrastamos para a cabana o tatu, imenso berne da terra com a sua carapaça frisada. Matei-o e comecei a prepará-lo. Era fêmea: dentro dela encontrei um tatuzinho mole e informe que me encheu de asco. Atirei tudo fora, desconcertado, recolhi-me sozinho à minha toca, e nesta noite tive medonhos pesadelos em que o sexo parecia querer varar o catre e eu, transformado em bicho, penetrando as entranhas da terra, proscrito por ter violado o mistério da vida, condenado a nunca mais voltar a ver a luz do dia.

III – A FLAUTA

Como passasse dias sem aparecer, dediquei meu tempo a fazer uma flautinha de bambu, que eu fora colher lá embaixo, às margens do rio. Pronto o meu trabalho, fui experimentá-la no alto da montanha, voltado para o vale, na esperança de que o som o atraísse.

A música primitiva que meus dedos modelavam no tosco instrumento encheu-me de alegria. Era como se eu tivesse viajado séculos para penetrar deliciado um mundo mitológico onde seria possível reunir num só cântico todos os sons que a natureza repartia. Horas seguidas fiquei ali, a esperá-lo como um sátiro, comandando com minha flauta a harmonia das coisas, e antes que o sol completasse o seu curso ele viera para escutar-me, deslumbrado.

— Foi você que fez?

Estendi-lhe a flauta:

— Toma.

Passou o resto do dia a soprá-la, desajeitado, e ríamos ambos ao som dos guinchos que ele emitia, procurando imitar-me.

— É tão difícil... Como é que você faz?

Tentei ensinar-lhe ao menos um canto de pássaro, mas em pouco ele estava soprando com tenacidade sem conseguir arrancar mais som algum.

— Não toca mais. Quebrou... — e seus olhos se encheram de lágrimas.

— Eu conserto.

A pequena peça de bambu atravessada no bocal se deslocara, e, úmida de saliva, havia escorregado pelo interior da flauta, entupindo-a. Como fosse preciso descer ao vale até as margens do rio para colher outro bambu, guardei-a, prometendo devolvê-la perfeita no dia seguinte.

Os dias passaram e não falamos mais na flauta. Às vezes ele se lembrava e perguntava por ela, se eu já a havia consertado. Nem sabia mais onde a pusera, provavelmente a esquecera sobre o rochedo e ela rolara com o vento montanha abaixo. Então eu me prometia fazer outra no dia seguinte mesmo, assim que acordasse, e os dias iam passando, insensíveis, novas distrações me absorviam... Ele não esquecia nem perdoava:

— Você nunca mais me deu a minha flauta — queixava-se, de vez em quando.

— Depois lhe dou — respondia, evasivo.

O mundo perdia mais um brinquedo, e do lado adulto de minha displicência eu descobria, surpreso, para onde vão os que, na infância, um dia nos dão e nos tomam.

IV – SINOS

As explosões na mina continuavam a enervar-me. Eu tinha de sofrear a curiosidade de meu pequeno amigo, que queria a todo custo fazer a volta da montanha para ver de perto.

— É perigoso. Por que em vez disso não vamos caçar?

Descobríramos bandos de patos selvagens a quilômetros dali, numa lagoa perdida além do vale, e íamos caçá-los, escondidos nos juncos da margem. Os estampidos sacudiam a placidez do dia e as aves levantavam voo, desordenadas, espanejando as penas brancas em fuga, mas sempre ficava uma a boiar, agonizante, para vir a ser mais tarde o nosso almoço.

O toque dos sinos ao cair da noite, trazido lá da cidade pelo vento macio que às vezes soprava, ia encontrar-nos sentados no alto da montanha, primários e mudos, respirando uma intimidade pura como o silêncio. Eram sons leves, quase imperceptíveis, largados na amplidão como sugestão de descanso e esquecimento. Faziam-me alvoroçado como a um convite e pela primeira vez a distância me solicitava. Logo a noite baixava, os sinos se calavam e a cidade pontilhava de luzes a escuridão.

Sentados à borda do morro, uma tarde em que os sinos soavam mais nítidos e fortes, pareceu-nos ver alguma coisa que subia com dificuldade o caminho da colina. Aos poucos pude distinguir um burrinho que, trazendo alguém às costas, vencia a montanha lentamente, escorregando nas pedras. Antes que se aproximasse, Luís se escondeu às pressas atrás do rochedo. Empunhando o rifle, fui aguardar o intruso na curva do caminho.

— O que é que o senhor deseja? — perguntei, assim que o tive ao alcance de minha voz.

— Sou eu!

Ao vê-lo de perto, reconheci nele, como num retrato antigo, um dos amigos que eu abandonara. Disfarcei minha perturbação e preparei-me para enfrentá-lo.

V – O VISITANTE

Por que viera aquele estranho perturbar a minha paz? Quando partiu, deixou, além das provisões que me trouxera, uma irrefreável inquietação no meu espírito. Sem notícias minhas durante tanto tempo, percorrera quilômetros e quilômetros de trem, automóvel e montaria até descobrir-me.

— Nunca pensei que você tivesse vindo parar tão longe.

Como a noite o surpreendesse na cabana, pediu-me que o abrigasse até a manhã seguinte. Eu o olhava desconfiado, preferindo que enfrentasse a escuridão nem que o tivesse de guiar até a entrada da cidade. Ele falava em nomes de pessoas e lugares já sem nenhuma significação para mim, e dava-me notícias que não me despertavam interesse algum. Recusei-me a conversar longamente e respondi a suas perguntas com monossílabos. Não insistiu: preferiu recolher-se, alegando cansaço.

Ajeitei-o como pude no interior da cabana. Mas não consegui adormecer e passei a noite inteira ouvindo-o ressonar, como se fosse eu o intruso e ele o dono da casa. Assim que amanheceu, acendi o fogo, preparei um pouco do café que ele trouxera. Depois de tomá-lo, saí para a chapada e fui sentar-me no rochedo.

O orvalho cobrira tudo de um brilho que a neblina esvanecente da madrugada mal empanava e o dorso da montanha era luzidio, suave. No frio que fazia, o café fumegante era de um cálido conforto a que me desacostumara e queimava na boca, antes de despertar em mim a sensação de segurança e bem-estar dos que amanhecem dispostos a viver. Tive vontade de fumar, o que não fazia desde que se esgotara minha provisão de cigarros, poucos dias depois da chegada. Entretive-me então com a ilusão de fumaça que a própria respiração lançava no ar em baforadas plenas, como fazia em menino, nas manhãs geladas.

Quando voltei a cabeça para o horizonte, dei com Luís a se aproximar pela encosta. Tinha o peito nu, mas não parecia sentir frio. Era extraordinário: sua figura franzina de criança mal alimentada, o olhar quebrado e frágil de quem cedo começara a sofrer, as mãos perplexas, o rosto sério como o meu...

— Você nunca veio aqui tão cedo — comentei, aborrecido.

— Estou atrás de um cavalo fugido. Papai me mandou.

A voz era cautelosa, como se a presença de um estranho a dormir na cabana pusesse em perigo também a sua tranquilidade.

— Cavalo? Aqui não tem cavalo nenhum. Deve estar perdido por aí — e estendi o braço, apontando a montanha.

Seus olhos se iluminaram, persuasivos:

— Vamos procurar? Depois voltamos montados nele.

Eu não conseguia concentrar-me e falar a sua linguagem:

— Ele ainda não foi embora, sabe? Está lá na cabana dormindo. Depois que acordar e partir, podemos brincar o tempo todo, passar debaixo da cachoeira, olhar a gruta...

— Não tem gruta nenhuma lá.

— Então fazer outra coisa — acedi. — Cavar um túnel, por exemplo. Ou procurar esse cavalo...

Calei-me, perturbado: o visitante, sem que eu pressentisse, saíra da cabana e agora estava de pé junto a mim, a observar-me. Luís mal tivera tempo de fugir, esgueirando-se atrás do rochedo. Ficamos sós, um em face do outro, e não tínhamos o que dizer.

— Fiz um pouco de café... — experimentei, apontando vagamente a cabana. Ele continuou a olhar-me, sério, como se não tivesse ouvido:

— Vamos andar um pouco?

— Onde?

— Por aí — e afastou-se, lerdo, em direção à vertente. Acompanhei-o a contragosto, pouco disposto a enfrentá-lo. Ele fazia girar no ar uma varinha apanhada no chão — Luís a trouxera do vale. Ia pensativo, e nada dizia. Fôramos amigos.

Atingimos a fonte e continuamos, descendo de pedra em pedra até o remanso. Além, a cascata se despenhava. Sentados na margem, víamos nossa figura se desfazer na superfície verde que o vento frisava.

— Com quem você estava conversando, Luís?

Enfim ele havia falado. Olhei-o, tentando reconhecê-lo.

— Com ninguém.

— Ouvi você conversando com alguém — insistiu ele.

— Era um menino que aparece por aqui de vez em quando. Filho de um camponês lá do vale.

— Tive a impressão de que você falava sozinho.

— Engano seu.

Ele fitava-me com atenção, a esperar que eu dissesse mais alguma coisa. Depois virou o rosto para o outro lado:

— Você sabe que me custou muito chegar até aqui — preveniu-me, sem ressentimento.

— A mim também.

Agora eu reconhecia nele um gesto antigo — meus olhos se turvaram:

— Por que você veio? — perguntei.

— Vim buscá-lo.

— Estou muito bem aqui.

Ele atirou no remanso a vara que rolava nas mãos e levantou-se:

— Falando sozinho?

— Já disse que não! — protestei, erguendo-me também.

— Não havia ninguém com você.

— Por que não me deixa em paz? — e acrescentei, vendo-o calar-se, apreensivo: — Você veio para ficar. Se não, por que trouxe mantimentos para tanto tempo?

— Porque já contava com isso.

— Então pode ir embora.

— Ouça o que eu vou lhe dizer, Luís — e ele tocou-me o braço com simpatia: — Se você não tomar cuidado, acaba completamente louco.

Naquele mesmo dia o vi desaparecer encosta abaixo no burrinho, levando consigo a minha oportunidade de salvação.

VI – AGONIA

Passei o resto da tarde sozinho, errando pelas grotas sem saber o que pensar. Sentia-me vulnerável, denunciado no meu refúgio, obrigado a fugir para mais longe ainda... O cansaço abateu-me finalmente e caí num estado de sonolência que me entorpecia os membros, como se fosse dar ao meu corpo a natureza das pedras e com elas me confundir. Naquela noite adormeci quase de súbito e me vi em plena cidade, cercado de amigos e conhecidos. Andava no meio deles e ninguém me via, ninguém reparava em mim. Desesperado, perguntava a um e outro o que acontecera, até que alguém se aproximou e explicou-me: "Você morreu, eis tudo". Contou-me que me via porque também tinha morrido: "Você trouxe algum documento, algum cartão com seu nome?" Como eu dissesse que não, ele sacudiu os ombros: "Pois então está perdido". Depois olhou-me penalizado, e acrescentou: "Não tem importância; vai ficar por aí, espírito sem nome, rodando anônimo pelo espaço, sem entrar no céu, mas também sem as responsabilidades da vida eterna". Uma mulher chorava e eu andava a esmo pela sala, à procura de meu corpo. Cheguei a uma porta e ouvi um crepitar de velas, senti cheiro de flores, pude ver um pedaço do caixão. Depois meu corpo apodrecendo, cheio de vermes... Encostei-me à parede fria, dissolvendo-me nela para sempre.

Custei a livrar-me da angústia que a escuridão da cabana acentuava. Lá fora a noite batida de luar, pela janela eu podia ver um pedaço de céu coberto de estrelas. Levantei-me e andei um pouco pelo chão de pedra. Ao mesmo tempo ouvi, vindo do alto da montanha, um guincho bestial, prolongado como uma gargalhada. Encostei-me à parede, pondo-me a rir, sentindo que a loucura afinal me dominava. Mas uma onda de coragem que a mim mesmo surpreendeu me fez reagir. Praguejei com raiva ao ouvir de novo o estranho grito, que desta vez se prolongou como um gemido, ecoando pelas quebradas. "Se é o próprio demônio, estou com ele!" Desafiando a indiferença das paredes de pedra, armei-me com o rifle e saí para a chapada.

Olhei para todos os lados e vi apenas a montanha imóvel, rochedos impávidos, de sentinela sob a lua. Lá embaixo o vale adormecido e além a vastidão do descampado. As últimas luzes da cidade acesas como estrelas, o rio faiscando, a cachoeira a despenhar-se, incorporada ao silêncio da noite. Nada de anormal na paisagem senão a minha própria presença irresoluta, surpreendendo o sono mineral das coisas. Novo grito selvagem me veio da montanha, num arrepio que me fez sentir a pele de todo o corpo, mas pude confusamente determinar-lhe a direção. Embora as pernas se recusassem, transpus a vertente e ganhei a entrada do desfiladeiro, avançando com cuidado até a saliência de onde se podia ver durante o dia a gruta inexistente. Dali eu nada descobriria; procurei ir adiante, escalando com esforço um barranco, rifle atravessado às costas. Depois fui progredindo morro acima de pedra em pedra, insinuando-me por uma prega arenosa e escorregadia que terminava bruscamente em alcantil. Olhei para baixo e pude localizar o animal.

Prisioneiro no socavão, o dorso enrodilhado sobre as pernas, erguia de vez em quando a cabeça e relinchava doidamente para a lua. Eram gemidos de dor e apelo à morte; todo ele arquejava, indefeso como um monstro derrubado. Devia ter vindo também pelo desfiladeiro e, incapaz de recuar ou de escalar como eu o penedio, tentara o salto para o barranco e se despenhara, galopando no recôncavo... Assestei o rifle, rindo-me de meus temores, e o tiro reboou pela noite, atingindo, certeiro, a cabeça do animal. Ele se contraiu, bufando, espadanou as pernas no ar e se imobilizou. Regressei à cabana, para cortar caminho tomei a direção mais curta e cansativa do alto do morro. Caí facilmente num sono sem sonhos até a manhã seguinte.

VII – O RETRATO

Quando, ao fim de dois dias, o pequeno Luís tornou a aparecer na montanha, nada lhe contei sobre o cavalo e pela primeira vez se interpôs um segredo entre nós dois:

— Você anda sumido — murmurei.

— Ele já foi embora? — e os olhos esquivos apontavam a cabana, buscando o visitante.

— Há muito tempo.

— Fiquei com medo — deixou escapar, coçando-se com método. Depois segurou-me a mão: — Foi embora mesmo? Não volta mais?

— Não, nunca mais. Teve tanto medo dele assim?

— Dele, não: de você — respondeu, a olhar-me, desarmado como pequena vítima de meus caprichos.

Afastei-me, contrariado, pensando no cavalo morto. Era como se eu me houvesse desacostumado à presença do menino e precisasse refazer às pressas todo o caminho percorrido, a gruta, a flauta, a represa, as orquídeas, para reencontrá-lo, no terreno comum de nossa infância. Muito tempo havia passado e eu não percebera.

— O cavalo sumiu mesmo, sabe? — falei, como que por acaso. — Andei por aí e não vi nada.

— É... — murmurou ele, pensativo, e acrescentou: — Papai ficou zangado.

— Deve ter caído nalgum buraco, quebrado a perna, morrido...

Naquele mesmo dia os urubus passaram a denunciá-lo do outro lado do morro, no socavão, e o mau cheiro, trazido pelo vento através do desfiladeiro, chegava a atingir a cabana. O menino não percebia nada e mesmo quando um urubu pousou na crista do espigão tatalando as asas, a carregar no bico um pedaço de carne morta, só lhe ocorreu a ideia de atirar uma pedra. Sem ânimo de me distrair com ele, eu me recolhia cedo e passava a noite fazendo suposições desencontradas à luz do lampião, dispondo confusamente os dados de um problema que eu era incapaz de resolver:

— Digamos que eu tenha mesmo enlouquecido e que minha fuga, digamos minha situação presente, seja uma súbita lucidez que se abre na loucura como sua única realidade, digamos como...

Perdido neste labirinto, eu tombava no catre, esgotado. O sono que se seguia me fazia bem. Levantava-me com outra disposição de espírito, vendo a minha existência na montanha como período de transição para uma realidade mais sólida que ao longe mal despontava e que eu teria de enfrentar. Aos poucos ia recompondo a minha vida com o que me sobrava, pobres destroços aos quais me agarrava, sôfrego, dispondo de tão pouco para reconstituir um homem. Sem saber por que, passei a barbear-me todas as manhãs e, irritado com o desconforto da cabana, que meus olhos já impacientes agravavam, planejei uma visita à cidade, para compras mais urgentes. Os mantimentos de que ainda dispunha já não me bastavam, sentia-me fraco e mal alimentado. Dos que me trouxera o visitante, sobrara um queijo malcheiroso, enrolado em jornal. Desembrulhei-o, e, sem ânimo de comê-lo ou atirá-lo fora, tentei ler o jornal, cujas letras o mofo empastara.

A simples ideia de ter nas mãos uma mensagem do mundo, feita de pedaços de notícias antigas e palavras sem sentido, perturbou-me a ponto de me fazer buscar ansioso a luz do dia lá fora, para poder enxergar melhor. O papel bolorento se esgarçava e desfazia-se nas minhas mãos, e o retrato de uma mulher, na extremidade inferior do jornal, era a única coisa que ainda se podia ver. Subitamente inspirado, recortei-o com capricho, jogando fora o resto, e fiquei a mirar com força aquela desconhecida que me sorria com a sua boca de papel e seus olhos de tinta. Era alguém que do outro lado da terra me olhava, alguém que fizera algo de importante como casar-se, viajar ou morrer e se deixara fotografar apenas para ser vista por mim, do alto de uma montanha. Então pousei meus lábios nos dela e senti a umidade insípida do papel inundar-me a boca de prazer.

VIII – O CANIVETE

— O que você está fazendo?

Pela primeira vez sua inesperada presença provocou-me um movimento de desagrado. Escondi no bolso o farrapo de jornal e voltei-me com precaução:

— Eu? Nada. Por quê?

Ele baixou os olhos:

— Estou só perguntando...

Aos poucos minha reserva ia cedendo lugar à desconfiança:

— Eu é que pergunto: e você? O que estava fazendo? Por que me aparece sempre assim de mansinho, como se estivesse me espionando?

Ele não sabia o que responder e evitava olhar-me. Postado diante dele, mãos na cintura, inquisitivo, eu era um gigante prestes a esmagar a sua vítima.

— Você está ficando muito dissimulado. Olhe para mim! O que é isto?

Virando o rosto para esconder o choro, fingia-se entretido com um objeto que retirara do bolso. Era um canivete pequeno e corroído de ferrugem, cuja lâmina já nem se abria mais.

— Este canivete é meu! — exclamei, cheio de pasmo.

Encontrara-o dias antes em meio à colina, sobre uma pedra em que me sentara para descansar da subida, e, sem lhe dar maior atenção, trouxera-o comigo para a cabana. Luís recuou, surpreendido, esquecendo seu ressentimento:

— É meu! — repeti.

Era o meu canivete! Só agora o reconhecia. As noites em que adormecera pensando onde o poderia ter perdido, as repetidas buscas que fizera ao longo do caminho da montanha e depois a mágoa por sabê-lo esquecido em algum lugar, ao alcance de minha mão... O projeto tão acalentado e jamais posto em prática de pedir que me dessem outro, a inconstância deliciada de novos brinquedos trazendo finalmente o esquecimento... O tempo que me tornara em homem havia feito daquele pequeno objeto largado sobre a pedra um grande vazio na memória.

— Deixa ver esse canivete.

Luís se esquivou ao meu impulso, escondendo as mãos.

— É meu. Você me deu — choramingava.

Tive de tomá-lo à força e, como ele ameaçasse morder-me o braço, dei-lhe um tapa no rosto.

— Para você aprender.

Examinei o canivete com olhos ávidos. A capa em imitação de madrepérola se tornara cor de terra pela ação da umidade e a lâmina de tão enferrujada ameaçava desmanchar-se nas minhas mãos, quando tentei abri-la. Mas era ainda o meu canivete. A minha primeira arma...

Junto à cabana Luís chorava baixinho, sentado no chão, rosto escondido nos braços. De vez em quando me observava furtivamente e, como eu não lhe desse atenção, voltava a soluçar. Ao ver, porém, que eu avançava pela chapada e ganhava a encosta, ergueu-se e arriscou, sem coragem de se aproximar.

— Aonde é que você vai?

— À cidade.

— Me leva? — pediu.

Fui descendo a caminho do vale. Ouvi que ele ainda gritava por mim, implorando-me que o esperasse...

IX – A INSCRIÇÃO

Uma inscrição. Uma inscrição talhada a canivete na casca de uma árvore, em dia de desconsolo, o primeiro, tão inédito e remoto. O que impulsionara minha mão inocente ao escrever uma palavra que seria a mensagem do menino ao homem feito. Essa palavra é que eu agora, emocionado, ia buscar.

Temia que fosse apenas meu nome, ou uma data. A árvore eu escolhera, lembrava-me, com a exatidão dos que enterram um tesouro. E fora no percurso da cidade para a montanha, um eucalipto ainda novo... Agora centenas deles se confundiam, perdidos em toda a extensão da mata. Muitos anos haviam passado.

Orientei-me diante do vale, buscando na lembrança dados seguros que me pudessem ajudar. Fora no caminho da montanha, não havia dúvida; e pouco antes de iniciar a subida. Mas parecia naquela manhã que os eucaliptos se multiplicavam à minha frente, como entre dois espelhos.

Indeciso, parei à sombra de uma primeira árvore, sem saber como iniciar a busca. O acaso me fez olhar para cima, ouvindo a memória em ressonância imprecisa dizer-me que então eu havia parado justamente ali, à sombra daquela mesma árvore... Não fora num eucalipto, pois. E somente assim eu descobriria que as árvores também crescem: a inscrição subira no tronco e estava agora acima de minha cabeça, em cicatrizes fundas e escuras, quase irreconhecíveis. Então era verdade, eu havia mesmo existido e vivido ali! Buscava uma árvore isolada e perfeitamente à vista de quem se colocasse ao pé da montanha; lembrava-me agora do dia, do esforço meticuloso e paciente em ferir a casca, da minha posição, o calor que fazia e o jeito que as coisas tinham ao redor.

Aproximei-me, comovido, e tentei ler os sinais maldispostos. Não tive grande dificuldade, reconhecendo logo as primeiras letras de uma palavra obscena.

X – LAVADEIRAS

Entrei no vale a passo firme. Nervoso por não conseguir entender-me, não me dirigi logo à cidade, mas tomei o atalho da esquerda através da mata, disposto a prolongar inutilmente a minha caminhada. Sabia que desta vez a cidade tentaria seduzir-me.

Caminhei durante algum tempo por entre as árvores, envolto numa nuvem importuna de mosquitos que minha passagem ia atraindo. Gravetos e folhas secas estalavam sob meus pés, assustando aqui e ali um pássaro distraído, que levantava voo às pressas e ia refugiar-se nos galhos mais altos. A existência de pequeninos seres vivos que minha presença mal perturbava era uma certeza que me vinha, como um hálito, do humo macio e fresco onde pisava. Respirei fundo, identificando-me ao verde que me cercava, tão diferente da dureza cinzenta e hostil da montanha. Súbito, parei, ouvindo vozes, e saí cauteloso da floresta para o descampado.

Passava pouco adiante o rio, e na margem, acocoradas sobre uma pedra, duas mulheres lavavam roupa. Como estivessem de costas para mim, pude aproximar-me sem ser visto e me ocultei num banco de areia além da curva. Fiquei a observá-las de perto.

Uma era velha e tinha a pele escurecida pelo tempo; a outra era pouco mais que uma menina e da tonalidade baça dos cruzamentos remotos; tinha os cabelos lisos, feições de índia, mas ainda assim era loura e os braços pareciam cobertos de sardas. Cantarolava distraída marcando compasso dos movimentos ao esfregar o pano molhado, e fora essa música monótona que me chamara a atenção à saída da floresta. A outra nada dizia, e mostrava-se mais eficiente, batendo contra a pedra um feixe de roupas já enxaguadas. Ambas se vestiam pobremente com vestidos largos e rotos, e deviam ser de algum miserável povoado dos arredores.

Eu não conseguia afastar os olhos da cena. A minha ida à cidade, a existência na montanha, toda a minha vida parecia terminar ali, onde a visão de uma mulher depois de tanto tempo de solidão era uma vaga nostalgia, entre o fastio e o desejo malnascido. A grotesca sensação de beleza que me inspirava o momento assim surpreendido deixava-me desprotegido e sôfrego no meu esconderijo, em perseguição de outros momentos já vividos e que aquele parecia renovar. Mesmo depois que a mais velha recolheu as roupas lavadas num grande cesto e, equilibrando-o à cabeça, afastou-se ao longo do rio, continuei imóvel, o corpo meio erguido, sem temer que me vissem. A jovem fez menção de segui-la e pôs-se a juntar no colo a roupa que estendera sobre a pedra. Ergueu-se num movimento desgracioso e segurou a barra do vestido, para conter, como num avental, a sua úmida carga, deixando à mostra as coxas claras. Era uma difícil tarefa; as peças menores escapuliam e tombavam ao chão. Sem poder conter-me por mais tempo, levantei-me e fui em seu auxílio.

— Quer que ajude?

Ao ver-me ela se assustou, ergueu os braços e deixou cair toda a roupa que carregava. Afastou-se e ficou a olhar-me, atenta, pronta para fugir:

— Quem é você?

Era uma menina, não devia ter mais que treze anos.

— Não tenha medo. Moro lá — falei, com dificuldade, apontando a montanha.

— Na cabana?

— É.

Agachei-me e comecei a apanhar uma a uma as peças de roupa espalhadas pelo chão. Minhas mãos tremiam e o coração disparava.

— Estão sujas de novo — balbuciei, enquanto ela erguia a saia para receber a roupa, a olhar-me com estranheza.

— Não faz mal. Torno a lavar — respondeu.

Via junto ao meu rosto a perna lisa e ereta, ainda úmida das águas do rio.

— Está machucada — gaguejei, e assim agachado toquei-lhe de leve o joelho esfolado, com a mão indócil.

— Escorreguei na pedra — murmurou ela.

Como não fizesse o menor movimento, deixei que minha mão subisse nervosa pela perna. Senti que ela tremia.

— Não — protestou afinal, recuando um passo.

Descontrolado, sentei-me no chão, a fitá-la com um sorriso:

— Tem medo de mim?

— Preciso ir embora.

— Quem é aquela outra que estava com você?

— Minha mãe.

— Precisa ir embora mesmo?

Segurei-a pela mão, forçando-a a sentar-se a meu lado. Ela resistiu.

— Sua mãe? Mas tão diferente de você...Você não é loura?

Voltava teimosamente a acariciar-lhe a perna. Ela deixava.

— Não está vendo? — respondeu, rebelde, sacudindo os cabelos.

— Aqui também? — e meus dedos deslizaram debaixo do vestido. Ela recuou, afrontada. Pensei que fosse fugir, mas parou a alguns passos, de costas para mim, e olhou-me a medo por sobre o ombro.

Levantei-me num ímpeto, ouvindo ao longe a voz da mãe a chamá-la, pouco além da curva. Ela ergueu a cabeça, à escuta, como um pequeno animal.

— Vai embora antes que ela chegue — pediu, ansiosa.

— Você volta? — perguntei, segurando-lhe a mão.

— Não posso.

— Amanhã, então.

— Não — e saiu a correr. Corri também, escondendo-me numa dobra do terreno.

XI – O SACRIFÍCIO

— Você demorou! — gritou ele de longe alegremente, ao ver-me subir a encosta. Cheguei cansado ao chapadão e deixei que ele corresse para mim, enlaçando-me as pernas. Vi o alto da montanha oscilar como se fosse cair sobre mim, e era uma nuvem que corria célere no azul imóvel. A cachoeira lá embaixo batia na pedra com zombaria e pássaros cantavam em despedida. A cabana estática desafiava o tempo, à espera. Eu olhava tudo pela última vez.

— O quê?

Luís me dizia qualquer coisa, estendendo-me um objeto:

— ...que eu achei na fonte.

Era um seixo rosado de forma oblonga, trabalhado pelas águas.

— Parece um ovo, não parece?

Concordei, absorto, devolvendo-lhe o brinquedo. Sentei-me no rochedo e ele se acomodou aos meus pés.

Seu rosto se fez sério:

— O cavalo morreu — anunciou.

— Ah...

— Está lá no buraco, todo comido de urubu. Eu vi.

Abracei-me a ele, comovido:

— Desculpe ter batido em você, Luís, eu não queria, me desculpe, eu não podia fazer isso com você, maltratar você, eu...

Ele me olhava, espantado, agarrando-se ao meu braço. Assim nos deixamos ficar, imóveis, entre as palavras, heróis da convivência, harmonizados, perfeitos. Ergui-me e tentei sorrir, tomando-o pela mão:

— Vamos passear no morro? Vamos ver a gruta? — e corrigi depressa: — Brincar na fonte? Procurar mais pedras iguais a essa?

Fomos caminhando para o local do sacrifício de mãos dadas como dois amigos, como pai e filho, sentindo a evasão do mistério que por um instante nos anulara. Passei pela frente da cabana, consciente de que nunca mais voltaria ali. Do outro lado do morro duas ou três explosões na mina soaram como o aviso do inimigo que se aproximava. Chegamos à vertente e descemos pelas pedras ao longo do fio d'água até o remanso que naquela tarde parecia mais plácido e transparente, a seduzir-nos. Sentamo-nos na borda de pedra; ele procurava tocar a superfície da água com os pés encardidos.

— Nunca mais vou deixar você sozinho — murmurei, olhando para o outro lado, para a distância. — Você vai ficar morando comigo na cabana, vamos vir aqui todos os dias...

Enquanto falava, comecei a empurrá-lo de leve para dentro d'água:

— Vou pedir a seu pai para eu tomar conta de você e vamos brincar o dia inteiro, você não precisa mais ir à escola nem trabalhar nem sofrer, mas só ficar aqui em cima descansando...

Ele se deixava escorregar na pedra, entrando no remanso até o peito e a olhar-me com um sorriso tímido, pedindo aprovação. Descansei a mão sobre sua cabeça e ele agarrou-me o braço, flutuando. Pequenas rugas em círculo se abriram na superfície, perdendo-se ao longe, na cachoeira.

— Está frio? — perguntei.

Podia-se ver o verde-escuro das pedras ao fundo, cobertas de lodo. Minha mão afundou-lhe a cabeça até que desaparecesse, e deixou-o vir à tona, rindo-se esbaforido:

— Não faz mais não! — pediu, cuspindo água. — Você quase me...

Afundei-o de novo, com força, e o mantive debaixo d'água por mais tempo. Puxei-o pelos cabelos e vi seus olhos esbugalhados num apelo mudo, o rosto transtornado, a boca arfante... Empurrei-o para o fundo pela terceira vez e senti seu corpo se contorcer frenético tentando livrar-se, as mãos ansiosas arranhando-me o punho. Firmei-me na pedra, a segurá-lo sempre dentro d'água, que borbulhava ao redor de meu braço, espumando. Vi ainda um pé se erguer num coice desesperado, quebrar a superfície e desaparecer de novo. O corpo palpitante sob minha mão se relaxava, sem forças, abandonado. Dei-lhe um último empurrão e me ergui, afinal. Voltei-me sem pressa, comecei a descer a montanha.

Rio, 11-8-1950

OBRAS DO AUTOR

Editora Ática
A vitória da infância, crônicas e histórias – *Martini seco*, novela – *O bom ladrão*, novela – *Os restos mortais*, novela – *A nudez da verdade*, novela – *O outro gume da faca*, novela – *Um corpo de mulher*, novela – *O homem feito*, novela – *Amor de Capitu*, recriação literária – *Cara ou coroa?*, seleção infantojuvenil – *Duas novelas de amor*, novelas – *O evangelho das crianças*, leitura dos evangelhos.

Editora Record
Os grilos não cantam mais, contos – *A marca*, novela – *A cidade vazia*, crônicas de Nova York – *A vida real*, novelas – *Lugares-comuns*, dicionário – *O encontro marcado*, romance – *O homem nu*, contos e crônicas – *A mulher do vizinho*, crônicas – *A companheira de viagem*, contos e crônicas – *A inglesa deslumbrada*, crônicas – *Gente*, crônicas e reminiscências – *Deixa o Alfredo falar!*, crônicas e histórias – *O encontro das águas*, crônica sobre Manaus – *O grande mentecapto*, romance – *A falta que ela me faz*, contos e crônicas – *O menino no espelho*, romance – *O gato sou eu*, contos e crônicas – *O tabuleiro de damas*, esboço de autobiografia – *De cabeça para baixo*, relatos de viagem – *A volta por cima*, crônicas e histórias – *Zélia, uma paixão*, romance-biografia – *Aqui estamos todos nus*, novelas – *A faca de dois gumes*, novelas – *Os melhores contos*, seleção – *As melhores histórias*, seleção – *As melhores crônicas*, seleção – *Com a graça de Deus*, "leitura fiel do evangelho segundo o humor de Jesus" – *Macacos me mordam*, conto em edição infantil, ilustrações de Apon – *A chave do enigma*, crônicas, histórias e casos mineiros – *No fim dá certo*, crônicas e histórias – *O galo músico*, contos e novelas – *Cartas perto do coração*, correspondência com Clarice Lispector – *Livro aberto*, "páginas soltas ao longo do tempo" – *Cartas na mesa*, "aos três parceiros, amigos para sempre, Hélio Pellegrino, Otto Lara Resende, Paulo Mendes Campos" – *Cartas a um jovem escritor e suas respostas*, correspondência com Mário de Andrade – *Os movimentos simulados*, romance.

Editora Berlendis & Vertecchia
O pintor que pintou o sete, história infantil inspirada nos quadros de Carlos Scliar.

Editora Rocco
Uma ameaça de morte, conto policial juvenil – *Os caçadores de mentira*, história infantil.

Editora Ediouro
Maneco mau e os elefantes, história infantil – *Bolofofos e finifinos*, novela infantojuvenil.

Editora Nova Aguilar
Obra reunida.

Você gostou da história que acabou de ler? Conheça outros livros da coleção Fernando Sabino:

Amor de Capitu

O famoso caso da suspeita de traição de Capitu no clássico *Dom Casmurro*, de Machado de Assis, é revisitado e apresentado de um novo ponto de vista.

O bom ladrão

Pequenos incidentes consecutivos levam Dimas a desconfiar do caráter da esposa Isabel, e a dúvida passa a dominar sua vida.

Duas novelas de amor

As duas novelas retratam o universo feminino e o amor. Em uma, Sabino mostra o amor na vida de uma adolescente. Em outra, um amor maduro renasce.

Martini seco

Marido e mulher acusam-se mutuamente de tentativas frustradas de assassinato, até se verem implicados em mortes reais.

A nudez da verdade

As incríveis peripécias de um homem que, de repente, se vê fora de seu apartamento, completamente nu, e passa a correr pelas ruas da cidade.

O outro gume da faca

Ela o trai com seu melhor amigo. Ele planeja a vingança. Porém, a situação escapa a seu controle e ele se vê preso numa armadilha absurda.

Os restos mortais
Para tomar conta da casa durante sua ausência, o pai traz um empregado do sítio. O filho não gosta da ideia. Mal o pai parte, o empregado morre misteriosamente.

A vitória da infância
Em 29 crônicas, Sabino conta as travessuras de crianças e o comportamento de adultos que continuam fascinados pela magia do universo infantil.

Um corpo de mulher
Da janela do hotel, um homem vê o corpo de uma mulher passar diante de seus olhos e tombar em plena rua. Assassinato ou suicídio?

editora ática

SUPLEMENTO de apoio

O homem feito • Fernando Sabino

Nome ....

Estabelecimento ....

.... º ano

Antes de refletir sobre a história que você
acabou de ler, vamos conhecer melhor o seu autor
e o estilo que o caracteriza?

QUEM FOI

FERNANDO SABINO

Fernando Sabino nasceu em Belo Horizonte, no dia 12 de outubro de 1923. Desde que entrou na escola, tornou-se um leitor compulsivo: mais de uma vez, chegou em casa com galo na testa, por bater com a cabeça num poste, caminhando com um livro aberto nas mãos.

Aos 13 anos, escreveu seu primeiro trabalho literário, uma história policial publicada na revista *Argus*, da polícia mineira. Em 1938, começa a escrever crônicas, artigos e contos. Seu primeiro livro, *Os grilos não cantam mais*, saiu em 1941. Mário de Andrade lhe escreveu uma carta elogiosa, e os dois passaram a se corresponder.

O mineiro morou em Nova York, Los Angeles e Londres e visitou vários países da América, da Europa e do Extremo Oriente. As viagens lhe renderam crônicas e reportagens para jornais e revistas. Também trabalhou com cinema, dirigindo documentários.

Nos seus escritos, Fernando Sabino explorava o dia a dia com senso de humor, colhendo de fatos cotidianos lições de vida, graça e beleza.

Recebeu diversos prêmios, entre eles o “Machado de Assis”, da Academia Brasileira de Letras, em 1999, pelo conjunto da sua obra. Entre seus mais de 40 livros, estão *O homem nu*, *O grande mentecapto* e *O bom ladrão*. Fernando Sabino morreu no Rio de Janeiro, em 11 de outubro de 2004.